KB120917

# 동인시영아파트는 이제 없다

**천년의시조 1010**

동인시영아파트는 이제 없다

**1판 1쇄 펴낸날** 2023년 4월 21일
**1판 2쇄 펴낸날** 2023년 7월 4일
**지은이** 조명선
**펴낸이** 이재무
**기획위원** 김춘식, 유성호, 이형권, 임지연, 홍용희
**책임편집** 박예솔
**편집디자인** 민성돈, 김지웅, 정영아
**펴낸곳** (주)천년의시작
**등록번호** 제301-2012-033호
**등록일자** 2006년 1월 10일
**주소** (03132) 서울시 종로구 삼일대로32길 36 운현신화타워 502호.
**전화** 02-723-8668
**팩스** 02-723-8630
**블로그** blog.naver.com/poemsijak
**이메일** poemsijak@hanmail.net

조명선ⓒ, 2023, printed in Seoul, Korea

ISBN 978-89-6021-710-2
　　　978-89-6021-345-6 04810(세트)

**값** 11,000원

# 동인시영아파트는 이제 없다

조명선 시조집

천년의시작

넋 놓고 기다리다 끝까지 능청대다

보란 듯 갉작갉작 연거푸 희롱하듯

온몸에

닭살이 돋을

봉변이다

서늘한,

# 차례

시인의 말

## 제1부

제2부

제3부

제4부

제5부

해   설

제1부

봄똥

호미 끝 끌려 나온 연둣빛 똥 무더기
아슬아슬 당겨져 불쑥 솟아 가려운 것
한 번도 하찮지 않던 은밀한 매복자여

칼바람 사이에 두고 아지랑이 만발하다
자꾸자꾸 다정히 눈 뜨는 요것 봐라
혀끝을 돌고 돌아와 다시 봐도 봄똥 봄똥

## 하이힐 삐끗하다

제 몸에 잎맥 하나 팽팽히 반짝이다
푸른 핏줄 당기듯 버티느라 출렁인다
뒷굽에 실린 내력들 화두로 수습되고

떠밀려 어지럽고 버겁던 자존심이
레일 위를 걸어가듯 흔들리고 있을 때
올라선 바람 만지며 맨바닥을 감춘다

# 개미

끝끝내 놓지 않고
코끼리도 흔든다

왕개미 동학개미
땅 보며 꼿꼿한 척

상한가
절실한 노정
검은 발로 밟지 마라

# 호마이카 상

칠 벗겨진 살가움 이리 잘도 잊었구나

밥때 따라 책 따라 갈 데 없다 속삭이는

가난한 젓가락 장단 모서리가 저리다

# 파국 끓이다

조간에 실려 와서 달싹달싹 어루만지다

한소끔 펄펄 끓는 신음으로 떨리다가

괴멸적 나선을 따라 파국은 졸아든다

나 말고 너, 축이 되어 푸른 간격 휘젓는

달큰한 그 곡절도 진하게 호들갑 떤다

훅 하고 지나온 시간 뜨겁다 파의 비명

날것의 자존심이 위태롭게 출렁대도

아직은 때 아니다 주눅 들지 말아라

별 다섯 올리는 동안 실눈 뜨고 경계한다

# 동인시영아파트*는 이제 없다


광주리 가득 채워 오가던 그 어디쯤
따뜻했다 행복했다 그러나 가난했다
비워진 연탄 창고엔 살아갈 날 쌓였다

신천 너머 오래된 저, 조붓한 복도 끝
열몇 평 사연들이 논쟁하듯 넘어와
엄마는 할머니 되고 어린 나는 엄마 되고

집집이 분주하게 밟아 올린 햇빛 속
백로 똥 비둘기 똥 비처럼 뿌려지던
젊은 날 전부가 되어 환장하게 그립다


* 동인시영아파트: 1969년 준공된 대구 지역 첫 아파트로 건축된 지 50여
  년 만에 재건축 사업으로 사라졌다.

## 엄마 사용법

변방에서 초조할 때 툭 불거진 손으로
어서 와 다 괜찮다 눌러 주고 문지르면
상처의 찬란한 꽃밭 엄마 있어 소생한다

오십에도 육십에도 닳도록 들러붙어
무수히 얼굴 묻고 엄마, 엄마 부르며
데워진 아랫목에서 자고 자고 또 잔다

정맥의 반란


허벅지에 핀 꽃들
뻥 뜯으며 한 짓은
여기저기 달궈진 촉수로 춤을 추며
웅크린
등뼈를 타고
시퍼렇게 뒹굴다

급하게 걸친 흥을 비집고 확! 당기는
마지막 눈빛조차 팽팽하게 일어나
오늘도
비벼진 혈관
잠복한 너, 덮치고

# 처연하다는 말


너영 나영 피리라 계획하지 않았다
내란 같은 눈물도 계획하지 않았다
더불어 느닷없는 듯 계획하지 않았다

달 뜬 풍경 찬란하여 방죽을 서성이고
소름처럼 돋아나는 허튼짓 다독이며
몸 쳐서 솟구칠 때마다 내려앉는 뭇별들

제 색깔 숨긴 낙엽 계획하지 않았다
수런대는 물 표면도 계획하지 않았다
낮과 밤 저무는 일까지 내사 마 감사하다

# 감감무소식

수를 세듯 정말이지
이럴 때 있습니다

고요한 눈빛처럼
날 좋으면 닿으려나

괜찮다 이제 괜찮다
한나절만 기다리면

# 당신, 살아야겠다

마스크에 갇혀 버린
계집아이 입 속에서
안부를 기다리며
울음을 뜯어내다
너 없이 꽃을 문 봄날
까불대는 곁눈질

할부금 넘어오듯
갈겨 놓은 바람아
제자리 물결 표시
참 오래 굽이친다
여기서 여기까지만
털고 가자, 까짓것!

# 풍문
—꽃집에서


"눈 떠 봐 그래그래"
지금이 전성기다

파닥이는 몸부림
"저리 가" 뿌리치다

입술을
밟고 말았다
깜짝 비명
"너 정말"

# 청도, 그곳에서

별 덜컥, 쏟아지는
아찔한 헐티재 넘어

낯익은 얼굴 하나
혀 내밀며 기웃거린다

꼬마야,
감꽃 목걸이
걸어 주던 꼬마야

오늘 운세

넘어져 피 봤다고 애초에 뭔 상관이람
복채 깎은 그 부적 절반이라 힘 못 썼나
일간지 오늘 운세는 온전히 내 몫인가

회전문에 코 박고 눈치 보며 이럴 수 있다
차라리 다 괜찮다 올해 이거 액땜했다
나에게 남겨진 흔적 영락없는 부적이다

제2부

# 한도 초과

과적된 저 오해가 널 이리 흔드는 일
아슬아슬 술래의 의심 따윈 없다고
익숙한 순간이었다 초과한 건 사랑뿐

그것마저 버거워서 불시에 손 흔든다
저 붉은 그리움도 끝끝내 들키지 않길
간곡히 청해 보리라 발뒤축에 실린 소명

이럴까 저럴까 하다 아차차 앞을 본다
가볍게 잔정 주듯 과속한 한 줄 바람
내 놓친 몸부림인 줄 벌게지고 알았다

# 부채의 변

근본 없이 어깨를 잇대고 춤을 춘다
꼬리에 너불너불 내리꽂히는 열기들
바람과 한통속으로 놀아나고 싶었다

애초에 바람은 그렇게 시작되었다
휘이익 혀 짧은 소리 수작인 듯 화해인 듯
뒷면의 어디쯤에서 바람이 또 살아난다

# 고수레

저 밥줄 아슬아슬 매달린 세상 받들며
이리저리 떠돌다 여기까지 잘 왔다고
모쪼록 귀한 첫술로 기원한다 고수레

숙이 고모 푸른 유서 무심히 읽어 가다
등 떠밀려 작성한 그 초대 눈물겨워도
한 됫박 소금 뿌리며 액땜한다 고수레

## 국수 가家

뜨끈한 면발 위로 쏟아지는 국물과
―여기요 겉절이랑 고추 몇 개 더 주세요
서둘러 곁을 비집고 일가를 이루는 동안

낯선 곳 화려치 않고 오늘도 어제인 날
후루룩 빗소리 내며 빛나는 저 허연 선
한 발 더 빠지다 보면 멀거니 달겨든다

# 일몰, 도망갈 곳이 없다


화근 내 그 교란과 착란을 목격한다

잽싸게 꼬리 감추는 자막처럼 어쭈쭈!

흰 눈물
옆구리 닿아
감싸 주다 놓친 말

# 수다


여린 속내 감추려 눈 꾹 감은 그사이

잎잎이 머물다가 예고 없이 놓아 버려

어쩌나
막 터지려네
올봄처럼 그렇게

방심


섰다가 앉았다가 엉거주춤 퇴근 시간

끓어오른 밥알이 어깨 포개 재촉한다

말 많은 그때일 거다
일어나라
제발 쫌!

## 저녁의 틈

하늘에 그을음만 남겨도 장엄하여
온몸으로 글썽글썽 움켜쥔 손 더듬다
비로소
연통하고 만
저 환한 풍경으로

붉어진 눈언저리 허기가 끄는 대로
울컥한 저녁의 틈 혀 내밀며 기웃거리다
이제 곧
아무도 없소
달싹인다 저, 입술

# 고향 집

지금은 늦었나요 그래도 일으키면
빨랫줄 위 주름이며 등 굽은 햇살이며
내 속을 왔다가 가는 발자국만 찍히고

돌담 아래 씀바귀며 밟혀 터진 민들레
양철 지붕 다락엔 빗소리도 걸어와
그 기억 엎지른 사이 공사 끝에 묶인 시간

늙은 소 앞세우고 아재가 돌아오던
그 집이 도로 되어 꿈길인 듯 따라가다
어디에 물어야 할지, 깨어나 돌아보는

# 목차 없는 책

맨 첫 장 펼쳐놓고 사이사이 오르내리다
보란 듯 다시 꽂아 쟁이는 그런 날도
몇 번의 *끄적거림*에 목차가 출렁일까

책마다 펄럭이며 저마다 할 말 쌓여도
아, 끝내 덮어 버린 양장본 백과사전
비밀리 펴 봤다 한들 한 쪽이나 읽었을까

# 참을 수 없는 유혹, 커피

―안전거리 유지하세요
안내 방송 끝나기 전

온몸에 절절함이
냉정하게 식어 가도

기억 속 불편한 친절
―저, 손님 도와드릴까요

# 위대한 상징

어딘가 낯익더니 그 또한 몸의 일부
붙잡지 않더라도 가슴에서 지우진 마라
밥물이 끓어 넘칠 때 자국 남긴 그 옹이

# 발끈하다


서늘하게 흘려보낸
그 말에 발끈하다

낱낱이 고하라고
대놓고 발끈하다

뚝! 반절
경계 넘는다
칼날 핥는 두 개의 혀

# 환승역에서

깍지 낀 손가락도 덤덤히 빼내면서
바람결 날린 소문 듣고도 모르는 척
가슴에 돌 몇 개 얹고 떠나온 역 기웃댄다

제3부

# 다시 가을이 옵니다

그러나 이 계절에 나직이 용서받자
눈빛을 끌어당겨 뒤적이고 뒤척이며
서러운 미열로 남아 심장 소리 환했다고

그러나 첫마디를 이렇게 고백하자
내게로 번져 오는 몸내 나는 나뭇잎
순결한 바람이 되어 네가 반짝인다고

# 상림*에서 듣다

일말의 적의도 없이 천 년 전 이야기로
서로를 받치고 있는 저 느긋한 사랑쯤은
눈빛이 뜨거운 이곳에 묻고서야 몸 푼다

천년의 이야기를 목청 깊은 봄바람은
가려고, 머물려고 오는 대로 두었다가
풍화된 시간의 뼈로 나무끼리 껴안고

긴 속삭임 쏟아져 다시 천년 시간 속
눌러앉을 약속이여 덧나고 말 사랑이여
한 줄로 요약할 수 없어 두런대는 숲 저 안

---

* 함양 상림: 신라 진성여왕 때 함양 태수 최치원이 조림하여 역사적으로
가장 오래된 인공림.

# 각설하고

백성을 가르치는 그 유산 장하셨다
그러나 망극하게 뜯기고 해체되어
요주의 떴다방처럼 춤추듯 어색한 거

그 숱한 잡문들을 세종은 아시려나
무슨 귀신 씻나락 까먹는 소리냐고
아무리 곱씹어도 모를, -경Book 킹받네

각설하고 뭐 태풍급 고자질 같지만
융합인지 푸대접인지 똑바로 하자고 좀
결국은 암호 같은 말 부끄러운 한글날

## 가로수 이사

며칠 뒤에 이곳을 벗어나려 합니다
그 거리 너무 멀어 오가기 불편해요
너와 나 옹이 진 나무 힘 겨루는 여기가

이제는 다 됐다고 넌지시 내던지며
습습한 가을이다 인사는 전할게요
바쁘게 건너온 여름, 붉느라 애탔는데

부푼 불안 미안하고 속내는 들끓고요
그런데도 불구하고 한 어깨를 내주네요
그거면 다 준 거라는데 망설이게 됩니다

# 격포 떡집

꼬닥꼬닥 방앗간
떡쌀이 출렁인다

고슬고슬 시루에서
한 볼때기 떼 먹는다

오늘도 떡쌀 안치라
보채는 격포 떡집

# 이명

고된 잔업 끝내고 지금은 익어 간다
악상을 다듬으며 불끈불끈 꼬드긴 양
내 귀는 합창한다고 서걱이며 아프다

밀실을 빠져나와 이제는 놓아 줄 때
기척을 알아채고 타박을 내리치듯
주파수 이리저리 돌려
꺼 버렸나 귀 잡수셨나!

# 단풍

귓불 붉어지게 익숙한 답장이다
맺혔던 그 몫으로 멱살이라도 잡으리
먼 길에 주문 걸린 듯 아름다운 가을을

그래, 핏발 선 청춘인 양 온몸으로
나를 넘어 하염없이 쏟아 낸다 받아 낸다
내 안에 앉힐 수 없어 눈물 나는 가을을

그리움 그 하중을 견딜 수 없나 보다
애매하게 떨어져 뒬 해도 화끈대고
다음을 기약한다는 당황스런 가을이다

## 어디 뭐라고


뼛속 치는 칼날 소리 체 하나 걸겠습니다

그에 쾅 하는 격분도 노을 보며 삭이겠습니다

입으로 뱉은 모진 말 무릎 꿇어 빌겠습니다


직선은 날카로워 둥글둥글 돌아가겠습니다

한 입 혀로 하고 싶은 말 간절할 때 하겠습니다

때때로 안부 물어 오면 저 괜찮아요, 괜찮습니다

벽

눈으로도 덮지 마 꽃으로도 포개지 마
입맞춤 있어야 할 따스한 세상의 끝
해 진 뒤 검은 통곡만 발자국에 남는다

10월 달력 엎으며 바람으로 들끓다가
급기야 겹, 겹으로 떠밀린 울음마저
오만에 무릎 꿇는다 꾸역꾸역 살아서

# 여한 없겠다


정면으로 마주친 일
그땐 그게 절박했다

내 뒤에 네가 있어
서로의 등 내주는

배후의 배후가 되는
권법 하나 가지는 일

불편한 인사


무게를 못 이기는
불안한 한 발 또 한 발

그 뻔한 밥 먹었어
─우리 언제 밥 한번 먹자

도처에 구멍 난 약속
짐짓 또 한 발 옮기고

# 오래된 숲
— 도동 측백수림에서

골짜기 들쑤시며
굽이굽이 걸어와

더 오래 껴안겠다고
몸 선뜻 내놓는다네

그곳이 암벽 위라도
겁내지 않겠다며

아는 듯 모르는 듯
한때만 한때만 하다

소용없는 언약으로
간밤에도 소란했다

그토록 속살거리는
여름 산을 보듬으며

푸른 잔정 엉켜도
그저 손만 잡았다고

&gt;
촘촘한 내력으로
펄럭이며 닿는 그 길

수백 년 바위틈 열어
시원한 휘파람 분다

## 바람 인형

한 줄로 오지 않는 숨어 우는 낯선 바람
그렇게 가다 쉬다 그대인 양 흔들리다
한순간 자취도 없다
하여, 나는 무력하고

제 기분 이기지 못해 어디로든 닿고 있다
삼각관계 혹은 바람 곧 벌어질 사이라 해도
그러니 위험하다고
온몸으로 부딪힌다

제4부

## 활활, 철철

활활 타오르는 믿지 못할 촛불 따위도
철철철 쏟아 내는 저 찰진 욕 따위도
다 덮자 종일 펑펑 내려 살 타는 냄새까지도

# 눈꽃 피우겠다

기척 없이 너를 풀고 꽁꽁 싸맨 나를 풀고
그럴 때 있잖은가 어깨를 두드리기에
딱! 한 번 마주쳤는데
통로를 내어 주는

그러다 덜덜 떨며 멈춰 선 자리에서
고요한 시위랄까 쥐여 준 고문이랄까
후드득 떨어지는 잎, 잎
눈의 혀로 따라온다

침묵하면 좀 좋아 잇몸 시려 주춤할
첫눈의 엠보싱은 느슨한 빨랫줄에도
급기야 하얗게 일어
속수무책 눈꽃 피우고

## 자작나무

자작자작 네 안의 물기마저 다 토한,
그런 너 보는 나는 아무래도 괜찮지 않다
저 산에 허연 종아리 발목마저 시리다

붕대 칭칭 감은 채 달래 온 울음이었다
거꾸로도 괜찮다 누워서도 괜찮다
제 명을 다하긴 할까 오, 견디는 집착이여

## 인이 박여서


올곧게 솟아오른 사연들 절절해도
산다는 건 물집 터져 아무는 일이라고
아버지, 단단한 손바닥 맞잡고도 감추시네

## 나는 몇 번일까

고프다 배고프다 홀린 듯 중얼거리다
—오늘도 어머니는 정신이 좀 없었습니다
단축 1, 주간 보호사 찍은 문자에 잠 설친다

나 아닌 보호사에게 1번을 내어 주고
뿌옇게 흐려지는 눈빛 너머 숨어서
적당히 쉿, 온순하게 누군지 아시겠어요

# 어머니의 조각보

팽팽한 이음이다
실 따라 한 땀 한 땀

자로 잰 듯 달라붙어
조각조각 물든 보자기

색실을 뽑아 올리는
시간마저 박는다

감탄사 시침한다
회오리 지문까지

희다가 붉다가
때로는 검은 첫 줄

터질 듯 부풀어 오른
문장들도 깁는다

# 믿는 구석

뭐라도 좀 붙잡지 대충대충 살피지
조문객 죄다 모여 뒤늦은 흥정 소리
시뻘건 그 입 다무소
용서 따위 흘리지 마소

부들부들 떨면서 눈길도 녹일 태세
위아래 꼬리 치며 벨트는 돌아가도
애절한 마지막 호소
이 전력 쓰지 마소

# 검진

칸칸이 불 켜 두고
서럽게 고백한다

한 움큼의 약으로
어긋난 틈 청진하며

한 줄기
붉게 문질러
수선하는 문장 하나

## 달 방에 듭니다

밥풀 꽃 둥둥 뜬 밤 허기와 허기 사이
달빛에 꼬리 잡힌 당신의 앞과 뒤가
어두운 저 골목길에 나부시 엎드릴 때

'달 방 있음' 고독한 주파수 팔랑입니다
강남으로 향해 놓인 저녁을 다독이며
서둘러 들어갑니다 달 방에 듭니다

# 까치밥

내 온 길 저리 붉을 때
한눈팔기 충만했던

참으로 눈치 없이
침 고이는 민망한 시간

툭, 떨군
고개에 얹힌
저 행간이 아득하다

꽃다발


보란 듯 쉬지 않고 꽃 핀다 꽃이 진다
사람이 사람 만나 물드는 눈빛 하나
지긋이 안에 들어와 뜨거울 때 내미는

빛나거나 슬프거나 행간을 마주할 때
그 소식 간절하여 전부를 네게 준다
성화에 견딜 수 없는 꽃의 직진 함구하며

# 빛나는 새벽


이슬 하나 품으며 푸르게 또 푸르게
짤막한 저 인사로 관계가 시작되고
더듬어 돌아온 새벽 살 속이 따뜻하다

흔들리는 상처마저 조용히 기울어진
아침은 설렘으로 뚜벅뚜벅 걸어와
때 묻은 영혼 하나쯤 맑게 씻어 내린다

깜짝이야!




내 안의 불화들이 죽고 싶달 땐 언제고
천둥 번개 소리에도 죽는 줄 알았다
멋쩍게 엉뚱한 데서 개구리 튀듯 엄마야!

# 개인 정보의 배반


한차례 헐떡이며
파도가 휩쓸고 간
도대체 어떻게
소중히 지킨다더니
어쩌다 그 입술에 걸려
못 믿을 진심이다

이력도 모르는 채 거품 묻은 입술 위로
건조한 계단을 올라 서둘러 나간다
바람의 음률에 맞춰 꺾이는 게 부끄러운지

얼굴은 가렸으나
지금도 줄줄 새고
여기저기 약을 쳐도
슬그머니 풀려나서
파국이 끓어 넘치는
속수무책 목격한다

제5부

# 3월의 출처


피다 말고 떨어져도
3월은 시작이다

잠시 숨 고른 사이
구석구석 젖내가

산 것들 물오른다고
죽을 둥 살 둥 달려온다

발악하던 칼바람
눈물 쏙 빠진 자리

동백 피고 진달래 피어
얼마나 저릿저릿한지

한사코 또 꽃이 핀다
초대한다 당신을

# 할 말 있습니다


가렵다면 긁어 주듯
나란히 장난치듯

물집 같은 결빙이
풀리면서 돌아본다

품은 것 생략지 못한
소리 없는 저 수다

잔물결 다급하게
돌고 도는 어쩌고저쩌고

꼭꼭 닫으려 해도
두 개로 벌린 입들

괄호 안, 겹겹의 말들
특집처럼 쌓인다

# 포옹

아는 척하지 않아도 오른쪽이 왼쪽을
어깨에 턱을 얹고 왼쪽이 오른쪽을
한 발짝 경계를 넘어 그림처럼 맞댄다

물고 뜯는 간극에도 욱하며 뛰어들어
마침내 물결 같은 떨림으로 한 사람
찡하게 놀랄 일이다 몰캉한 유혹이다

아버지를 읽다가


갑옷 같고 바위 같던 내 배후가 흔들린다
한 권 책 귀퉁이가 접히고 너덜해진
이 행간 오래된 책등 어루만지듯 저릿하다

─어흠흠 내사 마 이만하면 되었지
─괜찮다 봐라, 야들아! 화살처럼 박히고
아버지 전 잘 지내요 뒷덜미까지 울컥한다

# 눈물

흐르는 물의 처음
내 절반은 눈물이다

부들거리는 물살을
끝내는 참지 못하고

한사코
젖은 눈으로
들춰내는 사랑이다

# 안달 나는 상처


기다림은 안달 나는 상처다 반성이다

고백하듯 천천히
내가 너무 늦었니?

한마디
잠깐, 서러워
터질 듯 터지지 않고

# 어머니의 밥상

새끼 입에 밥 들어가는 것만 봐도 배부르다던
그 밥상이 언제, 언제 그리웠는지 묻습니다
한 그릇 밥이 뭐라고
먹어도 배고픈 날에

눈물은 아래로 흘리고 숟가락은 위로 들라던
그깟 밥이, 한 사발 국이 서둘러 뜨끈해집니다
이윽고 밥물이 잦아
다시 받는 밥상 앞

# 기다림 한 점
―박물관 수장고

누구나 견딤이 아름다운 건 아니라고
눅눅하여 놓았다가 휘다가 웅크렸다가
한바탕
몰아치리라
기다림이 한 점씩

행간을 걸어 들어 환한 손 내민다 한들
불안 속 잠들지 못한 세월을 뒤척이다
천년의
실금 사이로
길이 길을 잃어도

캄캄하게 빛나는 그 옛날의 문간에서
불쑥불쑥 고단하여 끝끝내 못 본 척해도
각별한
사이가 되어
다급한 꿈 배접한다

# 순장
—소녀 송현아

네가 더 이상 종이 아닐 때 있을 거라
천 년 전 낮달이 날름날름 유혹하여
송현아 너를 부른다
바싹바싹 타들어 가는

어쩌랴! 사무친 설움 끝끝내 울며불며
첫사랑 고백하던 시간을 거슬러서
그 어떤 질긴 끈으로
가슴을 휘감습니다

떨림은 통곡 되어 아픔인 듯 그리움인 듯
맞물린 관계 속에 다시 또 천 년 흘러
네 생애 뽑아 간 자리
긴 뿌리 내리라고

# 어쩌죠


불길 솟는 그 마음을 다 품은 우리들이
터질 듯 터지지 않는 추억에 휩싸여
가려고, 가지 않으려고 온 힘 다해 숨죽이다

붙어 다닌 신경통처럼 그리움만 지칠 쯤에
뒤척이며 흔들리며 가던 길 돌아가고 싶다
야 정말, 오래전 일이 지금 와서 요동치다니

흉기처럼 두렵지만, 지금이라도 가 볼래?
뒤척이며 흔들리며 가던 길 가는 우리
까맣게 오래된 일을 지우는 게 따뜻하다

# 욕봤다

낯익은 오늘 하루 전력으로 달려와선
짚을 것 없이 멈춘 여기 후다닥 미끄러진다
눈물은 삼키지 말고 흐르게 냅두라며

욕봤제 그까짓 거 괜찮다 한마디가
더운밥 못지않은 어머니의 방점이다
그래야 멀쩡한 내일 주문처럼 품는다며

## 알고 있다, 우리는


모른 척 잰걸음에 골목 어귀 돌아가서
내 것이 아니란 듯 어제 일 다 잊어도
해마다 멈추지 않고 또박또박 묻는 안부

그 바람 모두 덮어 시치미 떼는 당신
씻은 듯 잊으리라 수십 번 다짐해도
시간이 시간을 불러 함부로 간절하다면

그러면 가을이다 그래서 가을인 거다
내가 확 덮치거나 한 발 더 네게 간다
여전히 화끈한 가을 알고 있다, 우리는

# 사랑의 역설과 따뜻한 기억

―조명선의 시조 미학

유성호(문학평론가, 한양대학교 국문과 교수)

## 1. 등단 30년의 시인

올해로 등단 30년을 맞는 조명선 시인은 일견 활달하고 역동적이며 일견 아련하고 선연한 기억을 질료로 하여 자신만의 시조를 써 왔다. 구어적口語的 충실성과 다채로운 소재 권역은 그녀의 시조를 누구와도 닮지 않은 개성으로 가득하게 해 주었고, 지금도 그녀는 균질적이고 지속적인 시조 미학 구축에 매진하고 있다. 이 점, 이번에 펴내는 새로운 시조집 『동인시영아파트는 이제 없다』(천년의시작, 2023)에도 그대로 관류하는 조명선 브랜드라 할 것이다. 그만큼 조명선의 시조는 진솔한 자기 고백과 확인을 일차적 창작 동기로 삼으면서도 스스로에 대한 성찰과 다짐을 매개로 하여 타자로의 확장성을 가진 채 다가온다. 그 깊은 저류底流에는 시인이 오랫동안 겪어 온 경험 가운데 가장 깊은 기억의 층이 아득하게 새겨져 있고, 그녀는 그 지층에서 자신만의 회상과 예감의 능력을 하염없이 길어 올린다. 살아가면서 문득 찾아오는 상실과 이별과 사라짐의 상황에도 불구하고 그녀는 그것을 수락하는 과정에서 인생과 타자에 대한 지극한 사랑의 마음으로 나아간다. 말하자면 그녀의 시조를 관통하는 핵심 주제는 세상의 고단함에도 불구하고 어김없이 펼쳐지는 사랑의 역설逆說이며, 그 사랑을 따뜻하게 감싸고 있는 그녀만의 오롯한 기억이다. 그 사랑의 역설과 따뜻한 기억이 이번 시조집의 확연한 외관이자 핵심 내질內質이 되어 준 셈이다. 이제 그 세계 안으로 한 걸음씩 천천히 들어가 보도록 하자.

## 2. 상처를 넘어서는 지극한 사랑의 마음

조명선의 시선과 필치는 스스로의 마음을 향하고 있다는 점에서 일인칭 어법으로서의 서정시 기율에 매우 충실하다. 여기서 '마음'이란 모든 현상이나 사물의 의미를 발원시키는 근원이자, 소소한 일상으로부터 형이상학적 차원에까지 도약을 가능하게 하는 존재론적 거소居所를 함축한다. 시인은 수많은 시공간에서의 경험을 자신의 마음에 담아 보존함으로써 더욱 성숙한 세계로 이월해 가는 모습을 보여 준다. 그렇게 조명선은 서정시 본래의 시간예술로서의 속성을 섬세하게

구축하면서 인간 존재의 근원으로서의 '마음'을 아름답게 탐
색하고 규율해 가는 시인이다. 이는 서정시가 오랫동안 쌓아
온 실존적 기율이기도 하지만, 특별히 견고한 언어를 통해 사
랑의 기억을 탐침해 가는 조명선 특유의 창작 과정이기도 할
것이다. 다음 작품들을 한번 읽어 보도록 하자.

> 흐르는 물의 처음
> 내 절반은 눈물이다
>
> 부들거리는 물살을
> 끝내는 참지 못하고
>
> 한사코
> 젖은 눈으로
> 들춰내는 사랑이다
>
> —「눈물」 전문

> 정면으로 마주친 일
> 그땐 그게 절박했다
>
> 내 뒤에 네가 있어
> 서로의 등 내주는
>
> 배후의 배후가 되는
> 권법 하나 가지는 일
>
> —「여한 없겠다」 전문

시인은 자신의 마음에 '사랑'과 '너'라는 2인칭 어법을 채워 넣었다. 눈물은 "흐르는 물의 처음"으로서 어느덧 시인의 삶에서 '절반'을 이루고 있다. 그 눈물을 가능하게 한 것은 "한사코/ 젖은 눈으로/ 들춰내는 사랑"이었다. 눈물에 "젖은 눈"으로 바라보는 그 누군가는 다음 작품에서 "서로의 등 내주는" 존재자로 나타난다. 언젠가 한없이 절박했을 '너'와 "정면으로 마주친" 순간에 시인은 '너'라는 2인칭이 늘 자신의 "배후의 배후가 되는/ 권법"을 소망하였다. 그것만 이루어진다면 여한이 없겠다는 다짐은, 일정하게 반어적反語的인 것이겠지만, 그럼에도 시인은 사랑하는 2인칭과 "한 발짝 경계를 넘어 그림처럼 맞댄"(「포옹」) 순간을 꿈꾸면서 "내 안에 앉힐 수 없어 눈물 나는"(「단풍」) 누군가를 자신의 마음에 항구적으로 간직하고 살아가는 것이다.

이처럼 조명선 시조는 일관되게 마음의 차원에서 발원하고 완결된다. 그녀의 시조는 마음의 파동과 그것을 감싸는 언어에 의해 비로소 제 형식을 얻어 간다. 단정한 정형 율격에 담긴 사랑의 마음은 삶에 대한 끝없는 질문과 긍정의 형식에 의해 완성되어 간다. 그렇게 그녀의 시조는 삶에 대한 한없는 긍정을 통해 자신의 서정적 기조基調를 확고하게 구축해 간다. 우리 시대가 문학조차 공공연히 상품 미학으로 포장되어 간다는 점을 염두에 둘 때, 이러한 긍정의 힘은 서정시의 역설적인 정체성을 선명하게 알려 주는 지표로서 손색이 없다. 그만큼 그녀의 시조는 우리로 하여금 삶의 상처들을 알아 가게끔 해 주면서도 사랑으로 그것을 넘어서는 순간을 느끼게

끔 해 주고 있다. 이 모든 것을 일러 우리는 시간예술로서의
서정시가 남겨 가는 그리움의 세계라 부를 수 있을 것이다.


## 3. 시간예술로서 확고한 자리를 구축한 정형 양식


두루 알다시피 '시간'이란 삶 속에서 하나의 흐름으로 경험
되고 기억되는 형질이다. 하지만 시간의 흐름은 그 자체로 객
관적인 물리적 실재가 아니라 하나의 형상적 은유일 뿐이다.
우리가 시간이라는 개념을 의식 속에서 분절하여, 과거에서
현재로 또 현재에서 미래로 간단없이 흐른다는, 일종의 형상
적 은유로 활용하고 있는 것이다. 그래서 우리는 시간을 물리
적 실재가 아닌 이미지 혹은 사후적 흔적을 통해 인지하게 되
고, 시간은 사람마다 전혀 다른 기억과 경험 속에서 구성될
수밖에 없다. 근본적으로 서정시는 이러한 시간 경험을 형식
화하는 양식적 본령을 가진다. 서정시와 시간은 불가피한 짝
이고, 분리할 수 없는 상호 원질原質인 셈이다. 조명선 시인
은 이번 시조집을 통해 이러한 시간관觀을 누구보다도 지속적
으로 노래해 간다.


칠 벗겨진 살가움 이리 잘도 잊었구나


밥때 따라 책 따라 갈 데 없다 속삭이는

가난한 젓가락 장단 모서리가 저리다

—「호마이카 상」 전문


　'호마이카 상'은 호마이카라는 합성수지 도료로 칠한 상床을
말한다. 칠해진 문양이 벗겨지는 시간 동안 시인은 "칠 벗겨
진 살가움"을 잊어버리고 살아온 자신을 떠올린다. 지난날 그
상에서 밥도 먹고 책도 읽던 시간을 환기하는 것이다 그 순
간 함께 떠오른 "가난한 젓가락 장단"이야말로 그 오래된 상
'모서리'와 함께 시간의 흐름을 함축한 물리적 추억일 것이다.
이처럼 시인은 "툭, 떨군/ 고개에 얹힌/ 저 행간이 아득"(「까치
밥」)한 순간을 노래하면서 "멈추지 않고 또박또박 묻는 안부"
(「알고 있다, 우리는」)처럼 지난날의 사물을 이토록 살갑게 환기
하고 있다. 다음은 어떠한가. 이번 시조집의 중요한 시상詩
想을 서사적으로 축약하고 있는 듯한 표제 작품이다.


　　광주리 가득 채워 오가던 그 어디쯤
　　따뜻했다 행복했다 그러나 가난했다
　　비워진 연탄 창고엔 살아갈 날 쌓였다

　　신천 너머 오래된 저, 조붓한 복도 끝
　　열몇 평 사연들이 논쟁하듯 넘어와
　　엄마는 할머니 되고 어린 나는 엄마 되고

　　집집이 분주하게 밟아 올린 햇빛 속
　　백로 똥 비둘기 똥 비처럼 뿌려지던

젊은 날 전부가 되어 환장하게 그립다

　　　　　　—「동인시영아파트는 이제 없다」 전문

　이 아름다운 작품은 1969년 대구 지역에서 최초로 지어진 아파트인 '동인시영아파트'가 재건축 사업으로 사라진 빈 자리를 노래한 시간예술의 한 정점이다. 시인은 가난하고 따뜻하고 행복했던 "광주리 가득 채워 오가던" 시간과 "비워진 연탄 창고"에 살아갈 날 쌓이던 시간을 호출한다. 반세기 동안 엄마는 할머니가 되었고 그곳에서 살던 어린 '나'는 엄마가 되었다. "신천 너머 오래된 저, 조붓한 복도 끝/ 열몇 평 사연들"이 지금도 눈에 선하기만 하다. 그렇게 "집집이 분주하게 밝아 올린 햇빛 속"에 새들이 노닐던 "젊은 날 전부"가 새삼 그리워진다. 시인이 제목으로 택한 "동인시영아파트는 이제 없다"라는 상실의 마음이야말로 가끔씩 "뒤척이며 흔들리며 가던 길"(「어쩌죠」) 뒤로 보이던 그 아파트의 잔상殘像을 그리움으로 수런대게끔 하고 있고, 그 오래된 상像은 "때 묻은 영혼 하나쯤 맑게 씻어"(「빛나는 새벽」) 줄 추억 한 자락을 우리에게 아득하게 전해 주고 있다.

　대체로 서정시에 구현된 시간이란 경험적이고 물리적인 장場에 그치는 것이 아니라 작품 내적으로 재구성된 새로운 형질이라고 할 수 있다. 우리가 기억이라 부르는 것도, 오래도록 흔적으로 남은 고고학적 현상처럼, 마음이라는 지층에 보존되어 있는 자국이며 흔적일 것이다. 조명선 시인은 의식 건너편에 있는 이러한 시간에 대한 무의식을 통해 우리가 경

험해 온 가장 근원적인 세계를 상상적으로 복원해 간다. 그
것이 바로 사물과 현상에 대한 매혹적인 시선과 필치로 나타
나는 것이다. 그녀가 보여 주는 사물과 현상에 대한 이러한
기억의 양상은 그러한 흔적을 더욱 선명하게 남겨 놓는 데 크
게 기여하면서 자신의 시조로 하여금 시간에 대한 탐구에 정
성을 쏟게끔 하고 있다. 물론 이러한 현상 이면에는 근대적
시간관觀에 대한 반성의 의미가 포함되어 있다. 이러한 조명
선 시조의 방향은 우리로 하여금 감각의 창신과 인지의 충격
을 통해 가장 오래된 것들을 상상적으로 만나게 해 주는 역할
을 해 준다. 그 안에서 그녀의 시조는 자기 충실성을 포함하
면서도 타자들에 대한 관심으로까지 확장되어 간다. 이처럼
조명선 시조는 시간예술로서 확고한 자리를 구축한 정형 양
식이라고 할 수 있을 것이다.


### 4. 존재론적 기원의 현재적 소환

이번 시조집에서 조명선 시인은 자신의 존재론적 기원(or-
igin)으로서 고향과 부모님 형상을 많이 불러온다. 누구에게
나 고향 혹은 가족이란 가장 깊은 기억의 뿌리이자 지나온 시
간을 직접적으로 거슬러 오를 수 있는 근원적이고 구체적인
실재일 것이다. 이때 시간을 거슬러 오르는 기억은 단순하게
과거를 재현하는 행위가 아니라 지나온 시간을 원초적 경험
형식으로 전환하면서 그것을 현재 삶과 연루시키는 행위인

셈이다. 조명선 시인은 이러한 기억을 통해 자신의 존재론적 기원을 상상하고 노래해 간다. 가장 오래된 기억의 원초적 형식이 이로써 복원된다. 그렇게 그녀는 고향과 부모님을 자신의 언어적 거처이자 가멸찬 상징으로 여기면서 자신의 시조 안으로 밀도 있게 되부르고 있는 것이다.

> 지금은 늦었나요 그래도 일으키면
> 빨랫줄 위 주름이며 등 굽은 햇살이며
> 내 속을 왔다가 가는 발자국만 찍히고
>
> 돌담 아래 씀바귀며 밟혀 터진 민들레
> 양철 지붕 다락엔 빗소리도 걸어와
> 그 기억 엎지른 사이 공사 끝에 묶인 시간
>
> 늙은 소 앞세우고 아재가 돌아오던
> 그 집이 도로 되어 꿈길인 듯 따라가다
> 어디에 물어야 할지, 깨어나 돌아보는
>
> ──「고향 집」 전문

　시인의 뇌리에 당장 떠오르는 것은 '고향 집'이 가진 확연한 옛 영상이다. "빨랫줄 위 주름이며 등 굽은 햇살이며" 모두 시인의 마음을 오가는 오래된 흔적이 아닐 수 없다. 집 주위를 채우던 씀바귀며 민들레며 양철 지붕 다락을 때리던 빗소리도 성큼 걸어온다. 이제는 그 기억을 엎지르고 공사 중이지만 '고향 집'은 여전히 "늙은 소 앞세우고 아재가 돌아오던/

97

그 집"으로 시인에게 남았다. 언제나 시인에게 "깨어나 돌아보는" 순간을 허락하는 기원으로서의 '고향 집'은 그렇게 "고요한 눈빛처럼/ 날 좋으면"(「감감무소식」)가 닿게 되는 곳이자 "한 줄로 요약할 수 없어 두런대는"(「상림에서 듣다」) 태반의 공간이기도 할 것이다. 그 순간, 고향은 누군가의 발원지이자 궁극적 귀속처가 되어 준다.

> 갑옷 같고 바위 같던 내 배후가 흔들린다
> 한 권 책 귀퉁이가 접히고 너덜해진
> 이 행간 오래된 책등 어루만지듯 저릿하다
>
> ―어흠흠 내사 마 이만하면 되었지
> ―괜찮다 봐라, 야들아! 화살처럼 박히고
> 아버지 전 잘 지내요 뒷덜미까지 울컥한다
> 　　　　　　　　　　　　　―「아버지를 읽다가」 전문

> 새끼 입에 밥 들어가는 것만 봐도 배부르다던
> 그 밥상이 언제, 언제 그리웠는지 묻습니다
> 한 그릇 밥이 뭐라고
> 먹어도 배고픈 날에
>
> 눈물은 아래로 흘리고 숟가락은 위로 들라던
> 그깟 밥이, 한 사발 국이 서둘러 뜨끈해집니다
> 이윽고 밥물이 잦아
> 다시 받는 밥상 앞
> 　　　　　　　　　　　　　―「어머니의 밥상」 전문

여기 형상화된 아버지와 어머니의 모습은 '시인 조명선'의 더없는 존재론적 기원이자 궁극의 수원水源으로 나타나고 있다. 시인은 아버지의 목소리를 환청처럼 듣는 것을 "아버지를 읽다가"로 표현하였는데, "갑옷 같고 바위 같던" 아버지가 "한 권 책 귀퉁이가 접히고 너덜해진/ 이 행간 오래된 책등"으로 오신 것으로 묘사한 것이다. "어흠흠" 하시던 순간과 "괜찮다 봐라, 야들아!"같이 건네시던 호활한 목소리가 화살처럼 박혀 온다. 뒷덜미까지 울컥하게 하시는 아버지의 부재, 그 오롯한 기원을 향해 "아버지 전 잘 지내요"라고 말하는 시인의 목소리가 "아버지, 단단한 손바닥 맞잡고도"(『인이 박여서』) 감추시던 순간까지 불러온다. 그런가 하면 '어머니의 밥상'을 떠올린 다음 작품은 "더운밥 못지않은 어머니의 방점"(『욕봤다』)과 함께 가장 선명하게 우리 곁에 찾아온다. "새끼 입에 밥 들어가는 것만 봐도 배부르다던/ 그 밥상"이야말로 그리움과 함께 뜨끈함을 전해 주고 있는데, 시인은 "눈물은 아래로 흘리고 숟가락은 위로 들라던" 그 옛날 밥상의 규율을 "밥물이 잦아/ 다시 받는 밥상"으로 다시 재생시킨 것이다. "터질 듯 부풀어 오른/ 문장들도 깁는"(『어머니의 조각보』) 어머니 모습이 아련하기만 하다.

기본적으로 서정시는 지나온 시간에 대한 사후적事後的 경험의 형식으로 착상되고 쓰여지는 양식이다. 미래에 대한 강렬한 예감을 노래한 것이거나 시간성 자체를 아예 초월하는 것이어도 그러한 지향 역시 시간 탐구적 속성의 한 표현일 수밖에 없기 때문이다. 그만큼 서정시는 시간 경험과 기억의 재

구성이라는 양식적 특성을 지니면서, 기억이라는 역동적 능력을 언어의 광채에 부여하게 된다. 조명선 시인은 서정시의 이러한 속성을 누구보다도 일관되게 형상화하면서 세상의 불가항력적 이법理法을 선연하게 보여 준다. 그리고 이러한 과정을 통해 존재론적 그리움의 세계를 완성해 간다. '고향 집'과 '아버지'와 '어머니' 같은 존재론적 기원의 현재적 소환을 통해 이렇게 깊이 있는 그리움의 몫을 아름답게 펼쳐 간 것이다.


## 5. 내면의 성숙을 향해 천천히 걸어가는 글쓰기


우리가 서정시를 지금도 쓰고 읽는 것은 그 자체로 우주적 진실이나 역사적 사실에 예술적으로 동참하는 일이기도 하겠지만, 시인의 생각과 실천에 몸을 맡겨 스스로 새로운 탄성과 장력을 부여해 가는 작업이기도 할 것이다. 물론 그러한 신생의 작업은 일정한 지속성을 가지고 삶을 장악하기보다는 일상의 순환성에 인지적이고 정서적인 충격을 가함으로써 스스로를 반성적으로 사유할 수 있는 에너지를 부여하는 것일 때가 많다. 이때 우리는 그러한 동참과 신생의 순간을 통해 새로운 반성적 깨달음에 이르게 될 것이다. 그리고 그 순간을 넘어서면서 성숙한 자아와 새롭게 만나게 될 것이다. 그러므로 우리는 좋은 서정시를 읽음으로써 미처 인지하지 못했던 어떤 관념, 가치, 양식을 경험하면서 새로운 깨달음에 이르게 된다.

조명선의 이번 시조집은 가장 근원적인 인생의 원리에 가닿는 깨달음의 과정과 결실을 담고 있고, 그것을 가능케 해 주는 것은 바로 시인이 충실하게 성숙시켜 가는 자아의 내면이 아닐까 한다.

> 제 몸에 잎맥 하나 팽팽히 반짝이다
> 푸른 핏줄 당기듯 버티느라 출렁인다
> 뒷굽에 실린 내력들 화두로 수습되고
>
> 떠밀려 어지럽고 버겁던 자존심이
> 레일 위를 걸어가듯 흔들리고 있을 때
> 올라선 바람 만지며 맨바닥을 감춘다
> ─「하이힐 삐긋하다」 전문

'하이힐'은 몸의 균형을 잡기 어려운 신발이라서 당연히 삐긋한 상태를 곧잘 불러온다. 시인은 그러한 하이힐을 두고 "제 몸에 잎맥 하나 팽팽히 반짝"이고 "푸른 핏줄 당기듯 버티느라 출렁"이는 동반자로 묘사한다. 나아가 그 신발에 얽힌 기억을 "뒷굽에 실린 내력들"로 은유한다. 하이힐을 신고 걸어가는 모습은, 바람을 만지고 맨바닥을 감추며 레일 위를 흔들리며 걸어가는 '자존심'으로 의미화된다. 가령 조명선 시인에게 '하이힐'이란 "상한가/ 절실한 노정"(「개미」)을 걸어가면서 "바람결 날린 소문 듣고도 모르는 척"(「환승역에서」)하는 순간을 가능케 해 주는 정서적 매개체가 아닐까 한다. 그 성숙한 자아가 가지는 내면의 표상은 다음 시편에도 잘 나타나 있다.

맨 첫 장 펼쳐놓고 사이사이 오르내리다
보란 듯 다시 꽂아 쟁이는 그런 날도
몇 번의 끄적거림에 목차가 출렁일까

책마다 펄럭이며 저마다 할 말 쌓여도
아, 끝내 덮어 버린 양장본 백과사전
비밀리 펴 봤다 한들 한 쪽이나 읽었을까
　　　　　　　　　　　　—「목차 없는 책」 전문

　"목차 없는 책"은 어쩌면 "입맞춤 있어야 할 따스한 세상의
끝"(「벽」)이나 "한 줄기/ 붉게 문질러/ 수선하는 문장 하나"(「검
진」)처럼 '시인 조명선'의 궁극적인 표현 방식을 아우르고 있
다. 시인은 책의 "맨 첫 장 펼쳐놓고 사이사이 오르내리다/
보란 듯 다시 꽂아" 쟁여 넣는다. "책마다 펄럭이며 저마다
할 말" 쌓여 가는 오랜 시간 동안 "끝내 덮어 버린" 책들은 앞
으로 그녀가 써 갈 글에 대한 은유를 포괄하는 것일 터이다.
"비밀리 펴 봤다"가 어쩌면 한 쪽이나 읽었을지 모를 그 책에
서 시인은 "괄호 안, 겹겹의 말들"(「할 말 있습니다」)을 듣고 있
는 셈이다. 내면의 성숙을 향해 천천히 걸어가는 글쓰기 과
정이 이 시편 안에 곡진하게 담겨 있는 것이다.
　이처럼 조명선 시인은 시조라는 정형시가 삶의 시뮬레이
션을 위한 메마른 기표가 아니라 내면을 아름답게 구축하고
복원하고 형상화하는 더없는 양식임을 견고하게 보여 준다.
그리고 언어가 독립적 개별자가 아니라 다양한 관계로 얽힌
상호 연관적 존재자들을 담아 가는 매재媒材임을 알아간다.

시인은 언어가 가치중립적 도구나 의사소통에 필요한 수단이라는 명제를 넘어 스스로 인격을 가지고 관계론을 형성하는 실재임을 보여 준 것이다. 이처럼 조명선 시조는 서정시가 가지는 가장 본래적인 권역 곧 시인 자신의 절절하고도 남다른 자기 성찰의 욕망을 잘 보여 준다. 물론 시인과 대상 사이의 날카로운 균열 양상을 포착하는 비동일성 미학까지 포괄하는 것이 최근 시조의 한 흐름이기는 하지만, 그럼에도 불구하고 조명선은 서정의 근원적 자기 회귀성을 믿는 시인으로 우뚝하다. 이러한 자기 회귀성은, 사물에 대한 개성적 의미 부여와 함께 그것을 시인 스스로의 삶과 등가적 원리로 결합하는 속성을 곧잘 구현한다. 궁극적으로 그러한 원리가 시조에도 용인된다면, 이번 시조집은 시인 자신의 시선으로 사물의 고유성을 발견하고 그 응시의 힘으로 다시 자신의 삶의 자세를 성찰하는 과정으로 빛나고 있다 할 것이다. 또한 그 성찰의 힘으로 다시 사물들에게 활력을 불어넣는 시인의 상상력 또한 지속될 것이다.

## 6. 시조 미학의 한 진경進境

조명선 시인은 고유한 서정의 원리에 기대어 가장 아름다운 화첩畵帖 하나를 이번에 우리에게 건네주었다. 그 안에는 마음과 내면의 성숙을 노래하는 시편, 존재론적 기원과 궁극을 상상하는 시편, 시간예술로서의 서정시에 대한 원형적 시편, 글쓰기의 자의식을 보여 주는 시편 등 다양한 진경進境이 무르녹아 있다. 말할 것도 없이 그것은 시인 자신의 남다른 자기 확인 과정을 담은 세계로 다가온다. 그 세계는 심미적 언어로 가닿는 깊은 마음과 자의식으로 가득 채워져 있고, 시인과 사물 사이의 통합과 화해 양상을 집중적으로 보여 준다. 그 심층에는 시인과 사물 사이의 동일성으로 귀착해 가는 에너지가 한결같이 돋아나고 있다. 그리고 그러한 원리를 발견해 가는 근원적 힘은 조명선 특유의 기억의 깊이에서 나온다고 할 수 있을 것인데, 그 과정에서 그녀는 사물을 새롭게 발견하고 그것을 자신의 삶으로 다시 결합하는 과정을 일관되게 보여 주었다. 그럼으로써 자신만의 시선으로 사물을 발견하면서 우리 눈에 포착되지 않는 주변적 존재자들을 새롭게 호명해 간 것이다.

이렇게 남다른 기억의 깊이에 의해 구성된 그녀만의 정형 양식은 우리의 삶을 위무해 주는 미학적 경이로움과 함께 심원한 심안心眼을 풍요롭게 허락해 줄 것이다. 또한 이러한 웅숭깊은 시선을 보여 준 이번 성취는 시인 스스로에게는 새로운 화법과 무늬를 선사해 줄 것이고, 읽는 우리에게는 아름다운 인생론적 순간을 여러 번 만나게끔 해 줄 것이다. 사랑의 역설과 따뜻한 기억을 소중하게 담아 시조 미학의 한 진경을 보여 준 이번 시조집을 딛고 넘으면서, 조명선 시인이 다음 행보를 더 멋지고 아름답게 구현해 가기를, 마음 깊이 소망해 본다.